孔雀河畔

Kongque Hepan

王方方　著

陕西新华出版

太白文艺出版社·西安

图书在版编目（CIP）数据

孔雀河畔 / 王方方著. -- 西安：太白文艺出版社，
2018.10（2025.3重印）
ISBN 978-7-5513-1535-7

Ⅰ.①孔… Ⅱ.①王… Ⅲ.①诗集－中国－当代
Ⅳ.①I227

中国版本图书馆CIP数据核字(2018)第242946号

孔雀河畔
KONGQUE HEPAN

作　　者	王方方
责任编辑	强紫芳
封面设计	魏钧锋
版式设计	雅　风
出版发行	太白文艺出版社
经　　销	新华书店
印　　刷	三河市双升印务有限公司
开　　本	880mm×1230mm　1/32
字　　数	100千字
印　　张	5
版　　次	2018年10月第1版
印　　次	2025年3月第1版第2次印刷
书　　号	ISBN 978-7-5513-1535-7
定　　价	35.00元

永恒的马兰飞扬的诗

◎ 刘笑伟

"一代代的追寻者，青丝化作西行雪，

一辈辈的科技人，深情铸成边关恋。

青春无悔，生命无怨，莫忘一朵花儿叫马兰。"

马兰，这个曾经在地图上无法找到的神秘地方，是令无数热血男儿深深向往的精神高地。王方方大学毕业之后能在马兰这个神圣的地方工作学习生活，是他的幸运。

更为幸运的是，他是一名具有一定写作功底的年轻诗人。在马兰这个充满诗意的地方，他寻觅着、思考着、记录着。青春岁月伴随着澎湃的诗情，何尝不是人生的乐事！

品读青年军旅诗人王方方的诗集《孔雀河畔》，最大的感受是，视角的独特，语言的干净，意向的灵动。我认为这也是他诗歌作品的显著特色，使人仿佛置身沙漠瀚海，不觉随着他的文字游走在神秘的土地上，去聆听一段历史，去了解一种精神，去感知一方世界。

"半夜醒来，我坐在一万年前开花的地方/一万年前飘落的雨滴，掠过一棵柳的倒影/如今，月光溢满沙粒，春风中/游走的燕子，化成了标本/其实，我很想成为一株马兰草/或者红柳，珍惜烟尘/回到一条消失的河，回到一片远行的湖泊/在一曲歌谣的起伏中，明晃晃再生长一遍"。作为这支"艰苦奋斗干惊天动地事，无私奉献做隐姓埋名人"英雄部队的一员，作为这个有着特殊称谓"马兰人"的群体中的一分子，王方方把所有的爱恋与感动持续地聚集、升华，用诗歌阐释、讴歌伟大的马兰人、永恒的马兰精神。更令人激动的是，当年的战鼓依然在诗人身边震颤，当年的呐喊依然在诗人心头召唤。他感受并继承、发扬着为祖国铸造盾牌、为国防锻造利剑的伟大征程和不朽精神！

"河水已不在，仅留下河床/风，汇集成流/红柳摇曳，在孔雀河的尽头/乌黑的阳光，把时间拉长/还有鹰的翅膀，以及楼兰的远方/一段往事，在沙粒的微光中消失/一个哨所，在罗布泊坚强地活"，王方方钟情于与军旅、与马兰有关的一切事物，每一朵花、每一片雪、每一棵红柳、每一株骆驼刺，甚至每一点细微的响动，诗人都是那么熟悉、那么热爱、那么深情。这些跳跃的文字、动人的篇章，给马兰的一草一木赋予了生命的内涵，寄予了生活的哲学，并且把这些生命和生活演绎得伟岸高大，注解得温馨亲切。

唯有生命的本真，才能抵达精神的高度，激起生活的律动；唯有真诚的文字，才能获得读者的认同，唤起情感的共鸣。王方方进行诗歌创作至今已有10余年，他一直保持激情和韧性，深入军人思想的肌理，挖掘军人精神的内核，建立起一种崭新的表述方式，编织出自己独特的语境体系，完成自我的言说。素常的军旅生活，军人皆有的普通情感，在诗人的笔下鱼贯走来，就有了别样的颜色和滋味，他的作品为军旅诗歌注入了一股清新的力量。

军旅诗，是中国历代诗歌的主要题材之一，是诗歌中思想性最深刻、想象力最丰富、艺术性最强烈的组成之一。那种烽火狼烟、宝剑铠甲、孤城羌笛、胡雁杨柳、大漠长河的意象，那些默默无闻、无私奉献、舍生忘死、保家卫国的高尚情操，那些诗句中洋溢着的雄浑瑰丽、悲壮豪放、磅礴浪漫的美学风格，令多少人为之神往！衷心希望，王方方能够把对诗歌的那份执着和热爱继续保持下去，更自觉地继承军旅诗的优秀传统，更深刻地感悟马兰的历史与风物，更深入地挖掘伟大的时代精神！

马兰永恒，诗歌飞扬。

2018 年 6 月于北京

目　录

❖ **第一辑　行走间**

❖ 第三辑　回首处

第一辑　行走间

热　爱

是的，春日里，我爱上那梦境中的阵地
你从一场又一场酣畅的对决中醒来
在广阔的晨光中，我成长为崭新的热爱

我懂得，一滴迟来的雨，丰满了戈壁
蓼子朴绚烂的思绪，钻出泥土的长夜
迥然的旅途，是世间最直白的爱恋

你知道，你有多遥远，我就有多渴望
点滴的回忆，恰好埋入你怀抱的星光
在罗布淖尔，每一场过往的风雪，停在我的心上

军 歌

歌谣，从耳朵里长出来
指引身影，躲开雷场，躲开炸点
那些被视为与远方无关的阅历
绽放，在阵地上空

压弹的动作比旋律更快，比心跳更快
粗糙的手掌，托举一首前进的歌曲
一垄垄的希望，沿着
红红的帽徽，拖走暮晚

凌晨，我的战友，赤脚蹚过露水
与炮弹耳语，与晚风拥抱
在月光下诵诗
在钢铁中开花结果

回马兰

刚好落了一叶的霜露，遇见了太阳
你我在回马兰的路上，风雨也在

我们说好了，朝着月光，不回头
有时，你看着天上，我望向地下
有时，你望向地下，我看着天上

像我们在彩虹中，已经习惯的那样

走近罗布泊

芨芨草、骆驼刺，倾倒出阳光
孔雀河，挥洒土黄的油彩
我踏上罗布泊，吮吸暮色
每一粒沙子，都是茂盛的泪

卑微之水，唱响赞歌
凛冽的骨头，布满新叶
一株红柳或者一棵榆树
盛开黄金，火焰渡至彼岸

静谧的戈壁

这片固执的戈壁，在广阔的风中
漂浮，成为一粒无法完整的沙
奢侈的宁静，不断抽出崭新的知觉

晚霞奔涌，瞬间流逝的隐秘
爬上哪棵胡杨的梢头
猛然的静止，在耐人寻味的一片叶上

楼 兰

风揽着月亮
爬上山巅

月光捧着沙粒
沉入戈壁

沙石上镌刻了
消逝的风

乘坐骆驼的少女
今夜，离我不远

那片湖

铺开的荒漠，需要一场无与伦比的蓝
博斯腾湖，单纯、无所顾忌

永恒的深情，延伸翅膀
贴近孕育的温柔，没有取舍，无关方向

星光的呼吸，在律动的水面上漂游
鸥鸟加入赞美之列，欲望在风中遗忘

全部的爱恨，填满一滴水
苦痛，是细微的，幸福，也是细微的

星星在孔雀河亮起

原野的星，一颗一颗闪亮起来
脚下，越发的寂静、苍茫

曾经的孔雀河，还在独自流动
那些穿着宽大绿军装的人
是我遥远的朋友，聚合、离散

此时，月光在哪里，身影在哪里
过往的水声，慢慢深入云层

黎明前

身处暗夜，微弱晨曦中的
我们，似乎是同一个人

远方的梢头，是一座铁塔
一粒尘土生长，在黎明时隐藏

风霜里是誓言，是雨雪的永恒
你所胸怀的往事，我也必定经受

战　士

一块阵地，包裹一片天地
直线方块锻打出血色

栖身于火炉，反复与白雪赛跑
骨头，被旗帜高高举起

疾行风云间，金属与月亮翻动
四季和夜空被一件件忘却

深入滚烫的号令，深入更多的刃
把自己烧红，匍匐在晨烟暮雨中

红　柳

丰饶的湖泊、古城和驼队
随一个孤独的人，返回到原始

馨香的空气，半掩面容
翅膀闪着微光，接近夕阳

无边无际的水，滋养所有的美好
红柳，又为哪一段起伏，低下了头颅

向万物致敬，每一秒，有一处明亮
黎明的红，与穿越的往事，投入远行的生命

一副对联

原谅一个人，他从一粒沙的
背后走来，他的脚步
陷入遥远的故土
他的声音嘶哑，呼唤父母的回响
萦绕着下跪的膝盖

此时，请送给他一盏灯
灯芯长出新苗，剥离了疼痛
所有思念、愧疚，被岁月和肩膀
抚平，那矗立于罗布泊的
斑驳对联，刻入他的心中
"献身科研，为祖国尽职尽责尽忠
举杯邀月，恕儿郎无情无义无孝"

伟人山下的士兵

铅色的风，鼓动
鹰的翅膀
从伟人山旁
飞过，警觉
从罗布泊上空抖落

夜色褪去，戈壁上
列队的卫兵
军绿中透着青涩
齐步迈向
晨曦的光明

扁担书店

那些夜晚，书香穿过
蜥蜴的注视
一些风与露珠缠绵
一条干涸的河等待覆盖

脚步，连着漫天的期待
坚定的呼吸，追赶着渺小的火光
战士的读书声逐渐靠近
文字，激活沉睡的罗布泊

如今，扁担被风带走
地窖、灯影不再
背篓隐身于远方，那些
整齐的语句，一刻没有离开

参试老兵

多少年后，温暖灼痛了
指尖，你眼中倒映出炙热的
天空，蓝色的风雨若即若离
刀锋越过荒野云翳

萌动的灯光下，繁星躲进万花筒
寂静里，谁在守着最初的誓言
谁化雪为春，你在半明半昧的
梦里醒来，耳边响起号令

核大姐

你无法定义所有伟大的事物
你无法一直深陷对生命的幻想
你无法欣喜真正的亲密

关于未来的仁慈凝望，让你返回生活的河流
超越寂静的温暖，让你停滞花廊
不复返的光，让你栖息于我重塑的眼睛

攻　关

一次呼吸过后，你如何回到曾经的自己
生活：一场充满诱惑的征途

你追赶你的眼神、你的手心、你浅薄的影
火光在额头上翻滚，希望与夜晚相随

怎样的偶然与必然的爱恋：种子在海洋中
摇摆，一次相遇与一次离开言和

岁月细致而美好，不辜负春光
季风蓬勃，真理呈现在斑斓的远方

工兵战士

在大漠，你喜欢寂静，聆听寂静中
沙石游走的声响。已经很久了，你的耳朵里
全是砂砾色，你试图听听胡杨、红柳
甚至奢侈的白杨、莲荷，你却暗自发笑

一只脚踏入沙粒，那里是曾经的海洋
你知道，自己深深地爱着大漠
竟也能与顽固的空气相濡以沫
也把柔软的岩石一遍遍擦亮、歌唱

有时，也会流泪，泪水漫过一声声呼唤
或者一张张信笺，梦想让你选择忍耐和坚持
一朵花绽放的秘密，你一直隐藏
你期待能够在时光的拥抱中，找到生命的河床

你说，这么多年了，你相信双手，不相信奇迹
罗布泊和千军万马的故事，让你神往、留恋
你也知道，每个疲倦的脚步过后
绿色的温暖和安详的晨曦会轻轻浮在你的身上

风钻手

从深处隐隐走来，我听着
你的声音，伴随葳蕤的烟尘
你让寒冷、乌云、大地或者天空
拥抱歌声，如同拥抱五彩蝴蝶

从熟悉到陌生，身处旋涡
你说，自少年到暮年
恢弘的安静和蓝，一匹白马奔过的
爱，怀抱干净的黑暗与火焰

战塌方

幽暗的路径，难以在花季延伸
所谓触手可及，也是一种碎片
作为某类绿叶或者泥土，必须承受忏悔

跌落，与闪烁的光一线之隔
海浪远去，身躯落入澎湃
岁月了断，谁有勇气如此零落

故事的原委在梦境的深处，相爱的人
开始挽留遥不可及的冲动
渴望，奋进，一双手冲破云翳

在罗布泊的夜晚醒来

半夜醒来，我坐在一万年前开花的地方
一万年前飘落的雨滴，掠过一棵柳的倒影

如今，月光溢满沙粒，春风中
游走的燕子，化成了标本

其实，我很想成为一株马兰草
或者红柳，珍惜烟尘

回到一条消失的河，回到一片远行的湖泊
在一曲歌谣的起伏中，明晃晃再生长一遍

营院旁的桃花

把季节开成自己的领地，把空气
开成自己的国，你就是君王

下午的阳光回到安静，一些温暖
在一池春水中轰轰烈烈

此时，请允许目光沉醉，或者哭泣
也允许我把一切交给你，那么纯粹、清澈

哨所，那点灯火

那点灯火，行走在寂寥的荒野
连同战士的身影和眼神
深深的黑暗，包裹着深深的孤独
天空高远，故乡的夜晚如此安宁

夜晚，在孔雀河畔，期盼
那光明蕴藏着力量，汹涌而来
带着罗布泊的足迹，和
一条河的所有辉煌、荣光

一朵从天山飘来的云

一朵云，从天山飘来
我在它的身影里
欣赏着变幻、安静
还有，不为人知的旅程

我看到，另外一个人
也仰望着
它驻足的乡村
它走过的原野
它抚慰的眼神
还有一片纯净的湖水

他或者她，也注意到
我的眼中折射的美
和若隐若现的某种喜悦
以及，照在我身上的微光

辛格尔哨所

身影，一点一点模糊
光阴，留给荒漠

孔雀海，已是一个传说
两眼泉水，不是源头，也不是尽头

从芦苇荡涌出的风
把你投向戈壁的背面

春暖草绿
或者，冬寒雪白

换 岗

恰好的时间，春风
在身后说，初心漫卷
云朵漂泊，檐下的
光焰，迸射或升腾

一枚石榴，睡在秋天的
营院里，夜空起伏
余下的一轮弯月，从号角里
升起，涌动的热血填充空隙

晶莹的晨露，一尘不染
交枪的手，摘下一枚启明星
在明媚的歌唱中沐浴
一朵向日葵盛满，融化的阳光

风中站岗的哨兵

风来的日子，一切似乎都变了
红柳隐去，曾经的水流奔向未知
天山的雪峰，在远处，安静、肃穆

夜晚怀抱哨位
满天散落的星星，秘密
不只说给彼此，还说给
那浩淼烟波，那微小哨所

阵地的心门打开，风沙
不仅喂饱天地之间的体格
还包括，血性与胆量

抽出，体内所有警惕
把夜晚踩得厚实
风，落进体内
带着大地最期待的安详
哨兵的呼吸，捧出骨骼深处的暖

巡逻路上的三支葡萄糖

大地挥别光明，歌吟中一只乌鸦飘落
远去的云朵，期待永不盛开的昙花
雨滴细小的呼吸，散发微弱的希望
风拉下帷幕，谁在半个词汇的边界前行

将是一次美好的回归，露珠缔造夜色朦胧
忘却的温柔如红柳轻飞，七组脚步
在月光的潮汐中，寻一个春秋
黎明，从寂静的骆驼刺赶往一棵久违的胡杨

正午，某个哨所

河水已不在，仅留下河床
风，汇集成流
红柳摇曳，在孔雀河的尽头

乌黑的阳光，把时间拉长
还有鹰的翅膀，以及楼兰的远方

一段往事，在沙粒的微光中消失
一个哨所，在罗布泊坚强地活

有线兵

擅长听风，在有光的贫瘠之地
花香绵延，一部单机随蜜蜂飘荡
重若千金的暗语，轻松收割
帽徽、勋章和诱惑它们的阳光
在辽阔的红色箭标上，打了一个完美的结
于是，风中的色彩丰富了
被复线紧抱的战果，金灿灿铺满阵地

钢 枪

阳光下，在一支钢枪里
我愿意成为，一切
期待的样子
包括，红彤彤的三百六十五天

再比如：一只流连的白鸽
一个季节中的风向标
一个小小村庄的平淡

阵地，是火一样的海洋
也是许多人走不出的遥远

这个时节，哪里有明媚的安静
哪里就有战争的味道，上膛的子弹
守护着，神秘的明亮

冬 训

我记得大山上空的星辰
了无痕迹的白色之网
我记得涂装成大山颜色的战车
流淌在隐藏的火焰之上

那时候，我们是一群变色龙
雪花一样洁白的战士
用一百万种方法
把自己和力量融入无瑕的哈达

那时候，刀刃般的风吹过石头
和梦想，滚烫的印记
深沉的呼吸，笼罩着我
到处都是我，到处没有我的痕迹

那时候，响亮的口号
在冰冻的河流上生长
整齐的步伐，用一百万种方法
给每一粒雪花，植入火的种子

手榴弹投掷

世界潜藏，在精致的引信上
投弹场微小的草叶，保持挺胸挥臂的身姿
两百六十克的弹体，怀抱六十二克的光
一朵期待已久的花儿，把脚步引向前方

投弹归来的士兵，手指反复紧握
三百三十片花瓣定格在敌人退却的距离上
他坐在营院里，看一只蝴蝶飞向阵地
就在此时，他所徜徉的美好，溢出眼睛

一再推迟的婚期

一个人，在很远的春天
等一片缓慢的雪，融入冬眠的爱情

期待的光阴，悄无声息
是什么闪烁微光，又是什么寂然无存

一缕梅香很乏力，花红匆忙凋落
转身间，辜负的不是某个人，而是那场春雪

你的坚持

夜不是黑色的，远方还有灯火
从离开，巴音布鲁克的风一秒一秒吹醒你我
钟声的回响，源自于深处的疼痛、汹涌
斑斓的梦，只因一场细雨，收敛了色彩

星光，翻开了漠海中的故事
一些角色转身，逃出日渐消瘦的涛声
黎明，其实就在桃花走过的路口
多么辽阔的绽放，一片真，一生追寻

熔 炼

新枝，承受盛开的春寒
一场怀念覆盖着另一场怀念

气息收起渐行渐远的旧事
火焰集结，与沉默的衣袂不期相遇

远方没有滂沱，风儿说尽心中所有的话
前进抑或倒退，我想起一个人，和他的信仰

月亮降落在阵地之外

月亮，燃烧的火焰以及冰棱，在它的眼中合唱
回归的脚步轻盈，大地怀抱沉默
穿过远山，它俯视着，等候可造之物……

牵挂或辜负，它始终在那儿，柔软、亲近
心悸的光，种植它的子民，修补它的网

整个清晨，用无字的信笺引燃岁月的火种
当它降落时，我们返回一扇虚掩的门
陷入忘却的阵地，等待又一次春风来袭

一树杏花

一转身，还未与你挥手
就在，我写了一半的诗歌中
完全盛开，罗布泊感动的泪水
滋养每一个越过死亡的枝芽
士兵喜悦的温暖
在一片片花瓣上翻飞、融化

春，越来越温柔，一场盛大的
爱情呈现，曾经金黄的诺言
隐藏在紫色的叶片间
大地的声音，在空气中摇摆
阳光，开启一道梦想之门
一朵杏花上，还沾着昨夜的风雪

一扇窗

推开窗，一片片雪花在
眼睛里飘落、融化
春风涌来，杏花、油菜花涌来

风重，花轻，岁月游走
在缤纷的领地上，青春蔓过四季
每一个有梦想的人，都沐浴着

由远而近的阳光，前世今生
是凝为冰，还是生成火
紧闭双眼，泪水一滴一滴滑落

在罗布泊，故乡太小

脚步闯入夜色，漫天的星盏越发明亮
抬头仰望，不仅仅是一方天空

摇晃的烟尘中，一行
足迹，熠熠生光
洁白的雪莲，等待在远方

苍鹰羽下的风，掀起
一场风暴，红柳的梢头
拂过来自家园的言语

戈壁太大，故乡太小
你我在转身的背影里，渐渐模糊

原　谅

在罗布泊，我知道
故乡会原谅我，父母兄妹也会

我是，一条被沙粒招安的鱼
手中捧着江南的河流
向戈壁，索取雨水

其实，我更是一组脆弱的词汇
诵读的声音，比黎明还轻

退伍季

挥别的季节，我不断想起一个人
朦胧的绿色背影，逐渐
隐入亮丽的红花中，他曾经
从孔雀河边走过，伴着一场
持久的沙尘暴，和奔跑的石头

他一次次走过，在壮美的光芒里
在铿锵的热血中，有时他
也喜欢向着太阳落山的地方
静静地想，就像现在
我在他走过的地方，想起他
想起他在这个季节静静地想起我
或者，一株戈壁上含苞待放的马兰花

乌什塔拉的向日葵

风声点亮了戈壁，点亮了炮火
无边的海浪，借走我全部的血液
呼啸震天的黄昏，该怎样描述胜利
我穿过雷霆，试图把和平从头翻阅

告别历史、旗帜，还有一只鸽子
黎明散尽，任何呼喊都被熄灭
那么多向日葵，我只记得乌什塔拉
一切似乎都是重复，一切却也不是轮回

第二辑 凝望时

月光下

今晚，我的床靠着一扇半开的窗
在黑夜的掩护下，时光舒展
细碎的沙尘把钟表掩盖
月光洒向窗棂，此时，我不是一个人
在坚持，在怀念，在守望
空间排斥空间，时间不接纳时间
分离的我，一个在窗外、一个看向窗外

子　弹

和平的灵魂，震慑扭曲的心脏
爱的萌芽，扼杀战争的阴影
对于胜利，火种凝聚在信仰的旗帜下
如果可以，准备好所有的洪流

子弹飞扬，构造着精神的立场
两粒拥抱的子弹，重复着彼此
让饥荒和瘟疫找不到明天的退路

子弹与子弹在一起，并不是复数
更多的子弹，哭泣的子弹、盛开的子弹……
飞入故纸典籍中的烟尘
给一艘迷失方向的航船，坚定的序幕

戍边的战士

他还在坚守，呵护着大漠中的沙
其实春天已经来了，故乡的大地越来越暖

沙粒旋转，一点一点带走满天星光
握枪的青春越来越薄，终于没有力气再抓住
哨所，他眼中的云朵全部被吹向远方

那些永恒的刀锋，与风融为一体
沉默越来越脆弱——
脚下的往事，长出涅槃的翅膀

这些年，很多战友就这样，经历
一次次离别、生死，在空白的纸上
写下前赴后继的汹涌词汇

罗布泊，午后的哨所

整整一个下午，接纳无休止的奔涌
一棵新生的红柳，紧紧挨着一棵不朽的胡杨
关于死亡的秘密，闭口不谈

所有的遇见，报以辽阔的胸怀
那些孤独的沙粒，歌唱着
从一片海域去往另一片海域

时间早就有所寓言，为此
我独爱这抗衡中的静默
可以分享，喧嚣中的平和

一切保留了自己的权力，一切都悄无声息
这样一个下午，我无法控制云彩落向深处
也无法选择遗忘，守护越发亮丽的天空

你的远方

桃花，在日记中错失阳光
翻过一页，天空布满彩霞
帘后的那个姑娘，依然
透过窗棂，泛着红柳般的红

你说起往事，我分明看到
眼中潺潺的绿和嘴角雀跃的笑

无论你说什么，我都相信
我知道，在远离故土的戈壁
你把痛养在梦里，你的情怀
如暮秋的胡杨，亮得让人心惊

你的远方，辽阔得只剩下
心跳，有时还留着些许的青

倒　影

女贞花迎着夕阳
在熟悉的风中飘荡

落在，陌生的行人肩头

他们中，有一个是你
有一个是我

远方寄来的明信片

群峰起伏，欣赏风光的人坚韧地说
昨天与明天，是相同的一天

花在峡谷中，相爱是一切事物
眼神之间决绝的阐释，不过一生之久

美丽海岸，暖风透过炮火，吹向鬓发
大雪呼啸而来，千山万水与你保持孤独

某个生活场景

我爱戈壁的生活，每一个清晨
都是相同的景象，相同的我和远方
却有不同的光和影，在我黯淡的时候
日复一日的风与沙，驱赶着时间的苍凉

我似乎沉迷于，如此的单纯抑或单调
偶尔的灵感，来自一个奇特的想法
就像现在，我端坐在清冷的月光中
想起温情大漠上，一首熠熠生光的诗

因为一阵风

如果此时，晚霞枯竭
红柳的梢头失去恢弘的韵律
我将如何，回到迈出脚步的自己

我想起，第一棵闯入眼帘的榆树
我曾抚摸，第一片泛黄的胡杨树叶
我也记得，你来到戈壁
对我说的第一个词汇——"青春"

在罗布泊，因为一阵风，有了如此的情境
因为一个偶然，我决定记录不同的形式

你说起一首军歌

你应该懂得这样的旋律
我不说，我知道你的心跳

一缕春光潜入你的心底
几朵待开的花儿，见到了你

乌云翻转，阳光静默不语
你想到缓慢降临的两只蝴蝶

罗布泊的流逝，在每一个夜晚
月光与时代一样宁静

自始至终，我都企图亮起一盏灯
在每一条有你身影的道路

施工间隙

脚步与思想，被不朽的鹰紧紧
抓住，手心的荒芜遮天蔽日

空气的边缘，有万千把刀
沉默，比呐喊更可怕

如果愿意，可以更接近一粒沙子
不被侵蚀，终将呼啸，终将为尘

阵　地

我记得，初春第一点甜美的抚爱
我记得，树木隐去未知的法则
我记得，比等待更肃穆的宽恕

此时，蝴蝶去往不会被欺骗的远方
雪花将一簇箭翎，射向圆满和无辜
天地之间折翅的鹰，漂泊成敞开的春色

此时，爱是不完全的，呼号声从缝隙里
流下，存在与不存在，都从天而降
阵地神圣，归来的人和我一样带着回忆

春天的故事

起风了，春天里的花朵摇曳
此时，你我已不再年轻
我们之间，词语旋转、往返
引起的旋涡隐约可见

时光，在花丛中奔跑，这一端是我
另一端是你，我试图，把时间
暂停一秒，畅饮未尽的言语，你说
每一颗子弹都是一首诗，转眼又到春天

节日里

让今晚的哨所容纳两个人
让沉默的沙粒说话
让孤单的芦苇保持青涩

一次一次地呼唤，会飞的故乡
霞光寂静，枝蔓安详
越来越浓的月光，湮没钢枪

在罗布泊，向所有的翅膀
致敬，孔雀河的波光
静默欢喜，转眼带走所有旧身影

愿　望

它曾是孤独的猫在雪中踏出的花瓣
它曾是陷入土地肌肤的飘摇的叶
它曾是旋转的星空、冰冷的灶台以及
短暂的脚步、急促的呼吸
粮食孕育粮食，和这条漆黑的河流

现在，小小的火光升起
话语交汇，外面的世界时刻不停
犹豫的五指试图撕裂一张网
所有的目光寻找，从远山升起的果实
我拥抱我的身体奔向明亮的旋涡

你的存在

拥抱蓝天的蓝
拥抱空气的空
拥抱，阳光下的你
孤独闪现在一颗沙粒之上

你是我怀中的无处不在
你是我眼中的无时无刻
你是，我梦中一抹胆怯的风景
爱的光，宣示着现在和未来

在罗布泊的深处，我知道
不仅仅是无垠的戈壁
和我在一起

相　爱

我们深入阳光的腹地，聆听一株
初生花儿的肺腑之言，谁在迟来的春风
过后，反复咀嚼一首酝酿的曲子
谁在雨季来临的湖面，试图忘却跨不过的门槛
那些晦涩的典故，那些不了的情
还有什么没有到来，浇灭点点的欢愉

曾经渴望，青草、树木，与麦子一起成熟
被吻过的石头，月光一样流淌，头顶的花蕊
不用倾斜，期待的脚步，比来路更长
两颗相望的星辰，保持亘古的沉默
陡峭的心灵在旷野，等待破晓

在天山的第二场雪中

想你的时候，天山飘起了第二场雪
哨所旁的梅花悄悄开放
罗布泊回到幼泽，你没有回到你

天空延伸，从冷风里取出善意
整个世界播撒着无法辨清的回声
你的双手进入暮色，为自己洗尘

仰望的月亮，在恰当的时节熟透
谁和你一起，数着星星，或者承担夜色
春风里的秘密是一只喜鹊，从时光的背面飞入

过博斯腾湖

脚步，穿过纱一样的黄昏
风，把西海的水面一再吹皱

你我，在天山的身影里，走走停停
往事，如砂砾一般明亮

你是否相信，一群黄羊
在戈壁滩，演奏着春江花月夜

所有被时间和翅膀带走的，都会回来
就像红柳梢头，一如既往的红

那是一个长夜

那是一个漫漫的长夜
有人在说，一些事物的模式
荒凉的旷野，月亮洒下一波白光

舌头搅动，嘴唇的距离
就是话语的悬崖
端起杯盏的手指，托举着一轮红日

有人开始相信一个清晨，笼罩山水的阴影
渐行渐远，风暴慢慢平息，所有的历程
只是一个故事，遥远并且渺小

惊　蛰

多少岁月流走，又复返
就像老屋瓦片上的青苔
年年如是，年年似有不同

院落中的阳光也疲惫了
土墙外，脚步的声音渐远
那天晚上，一声春雷深入土地

哨所的灯光

砂砾，沉默不语
罗布泊静悄悄
一丝灯光透过哨所
陷入黑色的旋涡

湮没不灭的希望
在钢枪、帽徽上滑翔
远山那么低，几只乌鸦翻飞
哨兵，森林般站立

所有的灯火、眼神
正在一点点扩大
而夜，越来越小

罗布泊的一只鹰

一些事物，随着你的翅膀而来
空中，布满相遇的身影，继而遗忘

或者，相识的情节，重现于
一个漫不经心的回首，眼神
像你一般，时间、空间一闪而过

敏捷，风中没有泛起涟漪
我的心中似乎也没有

春风拂过哨所

道路是空的，阳光是空的
微风是空的，树影是空的
双手是空的，声音是空的
在这样一个下午，眼前的一切
落入一场贴近湖水的空

缓慢的波涛，把大漠灌醉
沙石将醉意传递给破土的绿
我在春天柔软的掌心里
让矜持的诗歌，长高了一截
哨所，不再是我全部的读者

灯火中的母亲

伴着一盏煤油灯，母亲的身影
在土墙上闪烁，纳鞋的双手
编织温暖的年华

讲述做人道理的话语
和，离开故乡时的叮嘱
隐在时光的深处，还没有散去
槐树下的母亲越发地佝偻

为了给予足够的力量和勇气
母亲把沉甸甸的思念
掩入逐渐花白的鬓发和缩小的脚步
把所有的守望，捻成一簇微弱的灯火
安放在，挥手转身的村口

父 亲

岁月中锈蚀的，不仅仅是
那辆靠着土墙的单车

生存，或者生活，或者生命
从头发到脊背，言语总是多余

你的身影，伴着旋转的车轮
在我的怀抱里，逐渐飘散
像风雨中，村口的槐花

天上的星火，照耀着你
继而是我，还有那辆单车
你告诉过我，它的名字叫永久

三月的雨

花朵逃离的旷野，灵魂驻足
故乡的影，逐渐潮湿

骆驼刺深陷，一株插花与彩虹对视
三月滂沱雨，映照没有凋零的梦

此时，你如果还在靶标的心事中寻觅
请允许我，在春天的枝丫上盛开

雨　后

雨滴，裹挟一些词语
在天空中，接受赞扬或者冷落
泥土，避开众人的嘴唇和牙齿
迎接一切的现实、虚无

急切的脚步，在道路上交叉
谁更清楚，下一个目标
是否，需要更长久的等待

你说，太阳和月亮普照
每一个角落里的话语，沾满光线
手中巨大的声响，攥出
一股甘冽的清泉，就像某时某处
人们总是，痛在一起

那　里

风中，榆树叶有巨大的翅膀
单调的沙生长在根茎中
那里，一切被遗忘，在弯曲的光线里

风越来越细，停留在红柳的梢头
一直有一些人，低头不语
在深深的戈壁，默默前行

再次醒来，一段浮出水面的
时光，喷涌别样的绿色
最后的身影，终究像岩浆一样绽放

榆树沟

再次经过榆树沟
雷达山，调整了睡姿

风向，变了
惹眼的翠绿
骚动戈壁的心

梨花下

梨花下是静止的春。白色的瓣
远远走来，云朵开始掠过
一片枯叶仍留在，去年秋的怀中

你说，谁在意，复苏后的空白
经历一场风雪，你的臂弯
不仅仅存有，一片渴望的湛蓝
还有一池，闪着火星的冬水

你试图用力握住的，始终是
一株嫩芽，还是一片嘴唇，时光的
私语，让你和整个春天慢慢温柔

早　霞

十二月无雪，风
从零下十三度的意念中，消失
叶片残落，清冷的香弥漫

今早，亲爱的霞光如火
激荡的流水，波涛汹涌

生命的真与善，扬起风暴
时间陷入缄默
一场情话，让阳光疯长

幸　福

你说：等待是最美丽的。星星闪烁
我说：请给我永不变老的璀璨。生命太过渺小

傍晚，沿途的风景美如云端
一颗星星永恒，一段爱情消逝
最微弱的渴望，成为崭新的一部分

与你相逢，已经足够
天空把明亮的细雨，托付给我们

同一个世界

一粒沙是一个世界，一滴水也是
当一滴水枯萎成一粒沙，一个世界
就成为了另一个世界

每一个事物、一缕气息、一丝游走
并非乌有，并非局外的多余

就像，你在我生命中出现，即便
仅仅是擦肩而过，或者一个眼神、一个背影

一片草地

我们确信，有那么一个地方
三五棵树稍稍高过头顶，伸手可抚摸叶子
叶片的缝隙透下光斑，鸟儿隐匿且不动声色
脚下的草不是遒劲的翠绿，也不是收获的金黄
富有质感的温柔，身心适合躺下

还有舒缓的山坡，风儿旋转，整个舞台展露的
是延伸的睫毛、轻松的双手
还有什么呢？难以捉摸的溪流
不太湍急，纯粹而涉及灵魂……

事物间无法言明的爱恋，足以怀抱
远远超出视野的所有存在
如果能够选择，我们愿意静静地坐在那里
既属于雨滴，也属于阳光

静　默

表面没有潺潺的溪水
区域的沸腾，在气流之后

内部是力量的源泉
安静抑或喧嚣，都被选择
默默无闻不是一种痛

我们握紧的风沙
掀开了，世界的一角

他　乡

一瓣桃花，捧出一条回家的路
淅沥的雨中，村口的背影披着蓑衣
月光，闯入一条河的梦

一株青草，某个季节怀想
浩渺的星空，一个眼神就是一次流浪
远行的游子，在光阴里，从未离开

战 友

一滴水，多么辽阔
空气微凉，你在风的抒情中
看远方的灯火黯淡、熄灭

海面上依稀有点点白帆，驰骋的
言辞，从岁月之上掠过
慢慢变幻的季节，缄默成灰

年华流逝，生活的
问候，轻描淡写
梧桐叶的呐喊，一触即发

没有身处其中的春天

在这场，料峭的
寒风中
突然，想起
某个春天

像是，在一个车站
回忆起
另外一个车站
分离聚合
都有内在的逻辑

那个春天，我
没有身处其中

来自远方的声音
传达着
柳枝抽芽
桃花漫山的消息

于是
那个春天
便在我的梦里
柳绿花红了

错 觉

我在孔雀河畔读着波浪
一个接着一个
我祈祷着，读出诗意
读出诗意的生活

如果有一天
你在孔雀河畔，看见一个
细数波浪的人
请，不要告诉他
孔雀河早已流入罗布泊

一棵榆树

沉默，始终是沉默的
在一阵黄羊奔跑扬起的沙尘之后
一滴水，吸纳了全部的声音

一棵树是一个人，守望着
曾经的一片林，孤单，不见飞鸟的目光
不易察觉的岁月镌刻在灵魂上

深藏的倒影，浩瀚，试图
呐喊，彻底腾空自己
震动罗布泊的回声，经久不绝

冬日的梧桐

落了叶的梧桐
是一列陈旧的火车

蹲伏，在悲怆的斜阳里
那些瑟缩的枝干
结着霜，就像麦秆

静默、欢喜，挣脱
一个眼神的旋涡

白　云

万古与瞬间，天空出现
一条干净的缝隙
云朵，是多变的孤单
涟漪般的乡音，细小、颤动

退隐，一张困顿的嘴巴
经过浩荡的跋涉，万物静默
并有着不一样的偏执
就像故土、乡亲和姐妹、兄弟

月　光

把我当成一颗沙粒，像宇宙的一座星球
吸引、排斥，在你心中卷起一条关于河的传说
我不指望，游弋在你的指端
你的指纹，是道路，是方向
每一次等待就是一场戏剧
每一段对白，都是为梦想弯曲的呐喊

一个声音，生出蓝色的天空、连绵的山峦和风尘
你坚信，留有脚步的地方是家园
那些不易察觉的孤独，引导我们种下
思念的葱茏，在倾情的光接纳灵魂之前
让一个游走的身影，感受
最初的温馨，在转身时无言以对

一首已经存在的诗

它，在那里
安静、馨香
没有从笔端浮出之前
它，一直在那里

在一个人黑暗的天空中
在一个人的黎明来临之前
在一个人清空全部的欲望时
散着微光，美好

也一定有什么
被遗忘，或是被笼罩
涌动的微澜
复活崩塌的雷霆

秋

海洋，在天空迷醉
草原陷入旋涡，深深的苍茫
风，吼出积蓄已久的母语
羊群和我，像枫叶一般炽烈

街 灯

我陷入，一张网的深情
在一个不确定形状的夜晚

巨大的身影，紧贴着有温度的
道路，越来越有力量的目光
延续着，明媚的远方

锋芒一再退后，风中的荣耀
隐入，永久的空旷
等待一生，就为偶然重逢

这一刻，故乡

这一刻，我在距离故乡最远的地方，跪成
最近的存在，沉重的阳光，照耀身后的
稻田，母亲的叮嘱漫过红尘

这一刻，记忆变得狭窄
一封信笺，没有答复
我看不见，真实的来路和乡音

这一刻，时光穿越天边的槐树
模糊的旧事接近傍晚，脚步扩散开来
村庄，化成越来越细的白色烟尘

蓝 天

扑面而来的海洋
歇斯底里的痛
此刻，抛却一路的风尘
怀抱在云朵里
谈一场酣畅淋漓的恋爱

与孩子说

世界的年纪还小，万事万物的想法很纯真
月亮无法决定方向，阴晴圆缺
太阳开始学习发光，上山下山，升起降落
星星尝试排成各种形状，汇聚成星座

你对着空气莫名发笑，快乐
从眼睛里溢出来
纷繁镜子的背后，存在朴素的哲理
美好不在天边，简单而常见

环绕在身边的可爱世界，盛满
青春之水，你坐在方舟上
听口述的故事，看云雾自在飞翔
我越发感觉，雨后的天山，格外纯净

第三辑　回首处

离开，在九月

一次回眸，追随着多少悠远的
故事，达甫停止颤动
随着风沙逝去的，还会回来

孔雀河，记忆封存
碧草青青，漫天风雨淹没
曾经的脚步，埋藏得越来越深

此时，如果每一滴露水远离
朔风与暴雪被一一抹去
你我的身影，能否在罗布泊深处珍藏

在此刻回头

一面墙，在川流不息的梦中起伏
一朵花开的模样，在日子里温暖地延伸
月光通透如水，浮在空气边缘

每个人都拥有自己的天空，一片空留给一个人
我们从远方走来，无声无息，随时被眼神遗忘
每一次驻足，讲述一个故事，往事阴晴圆缺

虚掩的门，或者远去的河，咫尺天涯
在此刻回头，春风拂过，背影
似乎比任何时候，都令人心动

为了告别

遇见一个人，就是为了与他告别
浪潮缓慢席卷，又黯然退去
美丽的故事，发出金色光芒
曾经的世外桃源，青鸟安详盘旋

背影至臻至美，把崭新的一天隐秘
成长只是一瞬间的事，无可避免
活着的欢喜、忧愁，并不是为了逃避
离开不断发生，重逢变成可能

那是，一场梦

马兰花的蓝，正酝酿一场风
云朵经过罗布泊，勾勒聚与离的表情
白杨梢头的露水，开始想念红山的河流

山谷里的回声，连同一次长久的相思
成就一座亘古不变的家园

故　事

说着说着，嘴巴里
生出枝叶，身体也开了花
果实膨胀过后，秋风来了
生与死，是
寒冬与暖春的话题

一朵雪花，是一张盾牌
阳光、月光落下
一滴雨的两面，呈现
波涛汹涌，或者寂寥无垠
谁说，不是偶然

我们，被卷入空气的洪流
目光陷入泪水，余温
消散后，你我逐渐懂得
一些关于使命的预言

一闪而过

延伸向前，寂寞的沙粒
曾经的细节越发显现
这不是，我理解的罗布泊

滚烫的风中，黄羊奔跑
孔雀河水流向天际的遥远
星辰苏醒，陷入红柳的梢头

歌声渺远，落日安详
大地被推向天空
还有多少惊喜
闪现，在戈壁之上

细数叶片飘落

关上窗，关闭了整个世界
空气安静下来，心跳安静下来
树木开始低语，风与风挽着手
这一切，都不在预期
你知道，这不是你的错

在月光温暖之前
在乡村与城市一起苏醒之前
你有足够的时间，等待
也有足够的耐心细数叶片飘落
直到其中一片，分明是你自己

傍　晚

罗布泊，夕阳
沉向云底，我站在哨位

我们之间，隔着
一棵胡杨，两只乌鸦

还有，三粒无家可归的沙

雪中的你

一场雪，需要多少雪花
才能渲染大地的颜色
一场雪，又有多少
落在你的身上，或者内心

宛如旧年的你，一片片往事
往下落，覆盖了你的眼神、头发
你的足迹，你的身影
空气吸收色彩，你的来路一片空白

你的孤独也是我的孤独

生活，回归泥土
生命消逝风中
你的梦想，是你的归宿

一场云烟过后
你，依然是大地上的
一次无与伦比

风暴与芳香，陷入
莫名的静默
你的麦子灌浆
你的庄稼疯长
你的名字发亮

你不会一个人离开
也不会一个人沉醉
你的稻草人始终不说话

此时，有清风，有明月
还有脚步，在靠近

一尾鱼

一尾鱼，生死在转身之间
荣耀在风中，借水生水，推波助澜

春天，鸭子游走时，如此
冬季，冰雪覆盖时，也是如此

该走的时候就走了
幻想一朵涟漪，不惧怕，也不忧伤

深　秋

深秋的阳光，透过你的鬓发
落在脸上，我看不清你多变的眼神
只听到呼吸，平静、安详
如同，此时温暖的阳光

你说起，一些事物，场景移动
许多人没有归来，就如旷野的月光
排除了所有的白，残存的火种
在一片旧梦中，忽明忽暗地醒来

你说，来日方长，只是一个传说
一盏可以抵达彼岸的渔火
错过春天，也有可能
与秋季的颤动，擦肩而过

在辛格尔哨所

辛格尔，在绿洲心里
绿洲在罗布泊心里

我和一名老兵
在楼兰水电站旁
随着骄傲的芦苇
自在，平凡

阳光、风沙充裕
此时，我有一百个疑问
只有九十九个
得到答案

老兵说，孤独过、寂寞过
思念过、悲伤过
从来没有后悔过

军　恋

你会不会承认，爱上
一朵云，和一个
爱看云的女孩
你知道，那天走得太匆忙
挥手的背影沾着泪痕
最后一句话，留在了云端

你在绿色生活的间隙
努力回想，那是怎样的
一朵云和词汇，那其中
又藏着多少眼神与期许

你还会担心，那朵云
突然消失，当脚步
在戈壁扎根的时候
曾经的背影再不出现
藏在云端的话语，逐渐陌生

不愿说再见

你曾诉说草木，枯黄的
躯体里，活出久远的绿
这是，传说中的罗布泊
你相信你的眼睛，以及大地的耳朵

原野上，春日可预见未来
戈壁抽空孔雀河的血
某种隐秘显现，空气不再忧伤

一段诗文，你默默念着，随着
低沉的节奏，你说你不愿说再见
你也不想陷入没有边际的怀念
或许，你自己就是其中一种

马兰老兵

你，喜欢马兰花
你就是马兰的花语
时光，盛开又枯萎
年华在延伸中，绽放

你，还带着来时的梦想
梦想，就像马兰花
开在你的心上
融化成，如你一般的花语

爱的对话

"一个晴朗的秋日，将多年的等待补偿
我们漫步在边防线上，爱情随处生长"

当说出这个句子，秋风
对所有落叶，爱了又爱
如同你的手，对界碑爱了又爱

我们沉醉于时间的旋涡，从久违的道路
到精致的皱纹，再到挥别的森林
在向往的晴空，我们甘当守望的囚徒

白露即为霜，懂得与自己妥协，与远方妥协
才能分享，这样一个没有阴霾迫近的季节

告　别

天空愈发寒冷，远山收敛光芒
一条干枯的河流，哭泣
一只悲伤的鹰，盘旋，沉寂

我们曾经相爱，孔雀河、白杨林……
凝望的眼神，耗尽星空
直截了当的铁轨，离我们而去

一切事物，都有它们的反面
凉风，吹过某个日食的下午
背囊带走铺天盖地的沙尘

那些渺小无形的经历
把孤独养在高处
很久之后，才会痴情如初

约　定

在十二月，我并不确定
繁花落尽在某个傍晚
太阳后退，月光上路
有人透过生活辗转反侧
也有人迈不出昨日的温暖

你守望的片片新叶，存活
在一首没有完成的诗作中
岁月的河流，一半沉睡，一半清醒
还有什么没有说与你听
离别的灯影里，你若是不在
我将如何面对即将到来的春天

原谅一些往事

空气，挥洒在黑暗中
僵持的旋律，让山坡更加寒冷

月光的羽毛，收紧翅膀
沉重的树木落入彷徨，或者期望

风中古老的枝蔓，最先化为灰烬
时光穿过冰封的河道，缓慢流淌

一个人走来，成为夜的一部分
此刻，没有鸟鸣，没有吟唱

今夜，请原谅一些往事
你的等待，让爱更新人类的话语

望　乡

多深的孤独，能被
罗布泊的月光解读
在戈壁腹地，月亮
抚摸每一处脚印

呼唤，从远方响起
达坂城的风声，在行进中
麦苗一般排列
伟人山下，星星一颗一颗
诠释迷彩的内心

夜色空旷，故乡太遥远
你我，都是一再眺望
而沉默的游子

你最后一个转身

我看着你离开，又好像
看到你归来，营院里
始终回响着你的脚步声

脱下军装时，你不言也不语
我分明感到，你身后
有雨落的潮湿，伴着微微的风尘

还是，在那个迎接的站台上
你最后一个转身，把空气
从现在赶往昨天

初次相遇

夜色轻盈，远山把星星一颗颗揽入怀中
此时的风，正雕琢一棵胡杨的内心

你想起，那天云朵把路一再铺平
当第一只脚迈进罗布泊，摇晃的阳光
让迷彩的颜色越发辽阔

你说起，一个个故事闪烁，在往昔的砂砾上
曾经的背影，在红柳的梢头始终明亮
就像某颗星星，坚守在博格达峰的夜空

孔雀河的右岸，你确信，到来
就在昨天，而今天，你与
乌什塔拉、博斯腾湖也是初次相遇

离　开

离开，终究是生活的一种方式
不因为肥沃、贫瘠，繁茂、荒凉
一朵雪花挥别，一片土地重现

一些话语，停滞在话语中
一些道路，是自以为的归宿
沙尘上闪烁的故事，多年以后
还会被提及，包括曾经遗落的名姓

错　过

白桦林抚慰穿越的子弹，闪烁的
烟火在星光下发芽
带有体温的照片种植孤独
回家的讯息，迷失于寒冬的铁

时间之外，一个眼神生长一座城
所有的清风擦拭你的身影
我撑起几缕失眠的火苗，连同
最后的道别、灰烬和尘埃

回　家

在久违的车站，时光开始拥挤
守望进入倒计时，火车撞击铁轨，汇成
久远的交响，田野的风声寻找
饱含方言的音节，我们默默裹紧身上的硝烟

回望的目光抖动沉默，还有多少双手
无法回归祖辈身影里长满河岸的麦田
无法牵着孩子的手走过一缕温情的光
无法抚摸某个角落沾着思念的伤口

令人神往的云彩，被托举在最需要黎明的天空
伟岸的身影不是荒凉的石头，此刻
远方有我们梦中的春天，回家
让我们在炮火中凝成不再愧疚的水滴

傍晚的乡村

不说再见，乡村的傍晚
比想象的温暖

夕阳归巢，一只
朝向幸福飞翔的鸟儿
静静地飞，专注地飞

此时，有些空气
比平时多了一点爱

访　客

有人到来，带着他的过去、现在
还有他的未来，一同而来
这是一个人一生的声音
小花朵那芬芳的抚爱，雨滴敲击台阶

有人离去，带着他的诗歌、红花
还有他的明月，一同离去
转身处，守望着橄榄枝的果实
此刻，我已站在他的世界尽头

乡村的土地

或许，大地的沉默，源自于下一秒的
惊心动魄，现在，天是青色
明天，将是绿色，然后，会是黄色
脚步深处的乡村，连同老屋、犁头和老牛
千年的历史，在一堵土墙边，舒卷、浮动

燃烧的目光，升起又沉落，透过
春天的田垄，坚强与酸楚，血汗与尘土
激起原野的波涛
没有声音，没有重量，强大的呼吸和苍茫
朝向生活，指向生命
在大地印刻道道凝重的影

返　程

穿过托木尔峰，春风变换了身姿
准噶尔盆地、塔里木盆地迎接一场哺乳
楚河、锡尔河、伊犁河陷入热恋

行囊，在荒漠、草原、山地、冰川交替
一场邂逅，返程的人小心翼翼抚摸着
塔克拉玛干沙漠与古尔班通古特沙漠的呼吸

你曾经来过

只有我和哨所仍记得，你转身时的背影
你曾经来过，就像蓝天的一片云朵
我还屏住呼吸，聆听你展开的故事

你说，你关心每一条河流、每一种态度
还有奉献、寂静，爱情和阳光
你也知道，内心微小的光明，没有让戈壁遍布生机

风，把你从远方引来，又把你推向远方
你还说，我来过，波澜不惊，就像没有来过
而，我和哨所分明记得，你走后留下的空白

罗布泊，在唤你的名

你走后，辛格尔的芦苇绿了又黄
黄了又绿。我知道，你提起行囊时
听到罗布泊呼喊着你的名
急切而悲伤，你没有回头，任凭嘶哑的声音
向云里流，向沙里流，向榆树的血管里流
你听到其中，那些壮烈的黎明
那些说着悄悄话的夜晚，还有手足情深的战友

我知道，你不忍回头，也不敢回头
到来与离开都在一个地点
你从新兵营踏出的第一个脚印，依然清晰
那唤你的声音，在风雨中，在波涛中
迎接着，相送着，白天与黑夜
往事燃起又熄灭，当初的你与现在的你
在一个眼神对视后，默不作声地擦肩而过

暮 年

你的江河深入你的体内
水滴泛起身影

现实与梦境交替
浪花飞舞，你试图
掬起一捧涟漪

而轻舟已过，你的手
抬起又慢慢放下
目送远山，很久很久

一切都很突然

那条小路
那片果园
我不止一次经过
在现实中
在睡梦里
在秋冬和春夏

突然，就阴雨霏霏了
突然，就艳阳高照了

一切都很突然
就像
在南疆的土地上
我突然想起
那条小路
那片果园

回　望

我们躲在这个世界最需要水的地方，相互憧憬
时间漫过生存边界，接受一切理想的物化
生灵自救的时候，捕捉暴风雨，喂养云朵
一个有高度的灵魂，躯体躲在尘埃里，思想拥抱苍穹

火热中逐渐温馨的呼吸，如同清晨葡萄园的微光
那些已经远去的慰藉，在某场深呼吸间浮现
曾经缥缈的痕迹，在马兰花瓣上剪掉影子
遗忘，是一把英雄的刀，割断一切奉献与光芒

在雪中回家

今夜有雪，我等你从暗处归来

一个一辈子活在粮食秸秆里的人
习惯有影子的陪伴，倾听星光的故事
一个一辈子在门口等待亲人回家的人
始终把爱放在心里，守候最后一个脚步的停留

雪一直下，烟火中的你变成雪的样子
不会悲伤，也没有枯萎，远远地守着家门

寂　静

看吧，在一片寂静之中
胡杨、芨芨草、骆驼刺开始隐去
风沙讲述永恒的故事

有时，我们试图去解读大自然的
秘密，白昼与黑夜，四季轮回
我们身处其中，似乎是一把魔幻的钥匙

时间让我们回到万物的起点
大地和山川开始融化，精疲力竭的细节
让灵魂在迅疾的人影中破碎、歌唱

一场雪

这个时节，任何关于雪的记忆
都被一一召唤，往事涌来
雪花涌来，童年的清晨涌来

鹰与你，都选择匿迹
远山和戈壁茫茫如一块画布
今日的简约覆盖昨日的繁复
哨所抖一抖，多少岁月
书画在这方风景中

你，何尝不是其中一个
拥抱大地和季节的身影
还有故乡的小路，和
槐花下的姑娘
还有，一首泛黄的诗作

归　来

风儿也放缓节奏，就像
一群奔跑的黄羊突然停下脚步
你倾听到的，就是你想要的
任何语言都隐藏在一抹月光中
那时，路途跌宕，乡村的灯火朦胧
回家的小路布满星辰，你伸出手
是打满补丁的记忆，和看不清的脸
窗前唯一流动的，是一双蝴蝶的翅膀
屋檐下的阳光，遥远成一场没有你的梦
风凛冽，雪花还没有降临
苍白的河流破碎，一个个期待的身影
埋葬了慢慢迫近的思念
情绪如纸，孤独与陪伴交替
最终，你平复燃烧的夜晚
忐忑地说"我回来了"

在一抹迷彩绿中看见炊烟

总是
和村口那条
耕种与收获的小路
关联
一样的曲折

天空为纸
落日是墨
烟的挥洒
成就
一幅中国写意画

打靶归来的战友
握着钢枪
落了款

往事不用再提

探访的人，和我一样，早已不再年轻
阳光逆着河水的方向，流走
她发出的最初的音节，燃起诉说的火焰

整整一个午后，我试图穿越奔腾的月光的血液
大声说出未亡的疼痛。她躲进另一扇门
温柔合上，我歌唱的嘴唇

大　雪

脚步昂扬，夜色太满
天空距离灵魂，多么遥远
这一天，谁沉入雪底
谁浮上云霄

回　首

被风沙覆盖的天空
忽略了一株植物的心跳
你抬起脚，在寻找的路上

你的肩章收敛了光芒
战友的口号声
响彻你的每一个细胞

下一脚迈开，你距离原来的你
已经不是两个春秋

曾经的呼吸，还有青涩的
眼神，被你藏了很久

后 记

　　"艰苦奋斗干惊天动地事，无私奉献做隐姓埋名人"，马兰，这块挺起民族脊梁、孕育伟大精神的神圣土地，始终让我深切爱恋、魂牵梦萦……能够用诗歌，描绘马兰、马兰人，讲述马兰故事、马兰精神，是我的荣幸，也是我的骄傲。

　　感谢给予我鼓励、支持和帮助的领导、老师、朋友！感谢刘笑伟老师为拙著作序。感谢太白文艺出版社强紫芳编辑为诗集出版付出的努力。感谢家人对我的理解和支持，特别感谢我的爱人丁李利博士和我的孩子王泽中给予我的陪伴。

　　希望这本诗集能给读者带来一缕心灵的触动或者一丝精神的力量。

作 者